아픈 곳이 모두 기억난다

파란시선 0047 아픈 곳이 모두 기억난다

1판 1쇄 펴낸날 2019년 11월 30일
지은이 허진석
디자인 최선영
인쇄인 (주)두경 정지오
펴낸이 채상우
펴낸곳 (주)함께하는출판그룹파란
등록번호 제2015-000068호
등록일자 2015년 9월 15일
주소 (10387) 경기도 고양시 일산서구 중앙로 1455 대우시티프라자 B1 202호
전화 031-919-4288
팩스 031-919-4287
모바일팩스 0504-441-3439
이메일 bookparan2015@hanmail.net

ⓒ허진석, 2019, printed in Seoul, Korea

ISBN 979-11-87756-57-6 04810
     979-11-956331-0-4 04810 (세트)

값 10,000원

아픈 곳이 모두 기억난다

허진석 시집

시인의 말

양철로 접은 날개를 달고
모르는 곳을 날아다니다가
엔진이 아파 내려왔다

왼쪽 젖꼭지에 해 박은
나사못 하나가 튀어나왔다

맞는 게 없다

차례

제1부

브레슬라우 여행

진리는 오인으로부터 온다.

진리를 향한 발걸음은 진리 그 자체와 일치한다.

—Slavoj Zizek

폴란드의 한낮에
세계는 밤을 맞는다.
10 p.m.의 하늘 속으로
축축한 전기(電氣)가 흘러 다닌다.

소녀들은 눈물을 글썽거리지만
이유는 모른다.

횡단하는 여행은
매 순간 과거가 되어
풀썩 쓰러지거나
내려놓는다.

숲은 거인의 대지다.

슈바르츠발트

오버함머스바흐 추발트 16번지
레만 할머니네 집 뒷마당에는
마늘과 당근, 호박잎이 자라고
새기다 만 비석이 비를 맞는다

유스티나 레만 1910년 9월 18일 – 1970년 4월 13일
요세프 레만 1909년 4월 10일 – 1971년 10월 1일

한 자리가 비었다
프라이부르크에 나가 사는 아들이
마저 채운 다음 읍내 묘지에
가져다 세울 것이다

검은 돌에 검은 손자국
너도밤나무로 지은 창고에 기대어
돌과 나무가 맞닿은 만큼
딱 그만큼 삶과 죽음은
연줄이 닿는다

한밤에 불을 끄고 누울 때

달도 없는 그 밤에
창문으로는 빛이 쏟아져
눈이 환하다

성층권의 황혼

인천에서 이륙해서 석양을 맞으면
태양계의 행성들이 반대편 창에 줄을 선다.
한 겹에 딱 한 번 일렬로 서서
모세의 바닷길처럼 바짝 마른 길을 낸다.
명왕성까지 간다.

오후 일곱 시발 에어버스,
흑인 승무원이 적포도주를 따라 주는 복도 끝
캄캄한 저곳에서 선명한 그림자 속에서
내려갈 수 없다, 돌아갈 수 없다고 누군가 고함을 친다.
아버지다, 어머니다,

명왕성이다.

가장 먼 그곳에 가 보지는 못했어도
본 사람은 있다.
새벽별 눈에 담은 싯다르타나
저 아래 중앙아시아의 산맥 위를 나는 독수리
얼음과 붉은 대지와 콸콸 흐르는 강산(强酸)의 하천을
노래한다.

아버지가 어머니가 그곳에 살아
나 모르게 죄를 지었다면 인연의 새 사슬을 끌며
아들과 딸과 미처 보지 못한 기억마저 기다리리라.
젊은 부모, 거듭 신혼이 되어
다시 나를 낳을 것이다.

"이봐요, 거긴 사람이 살지 못해."

바보.
석양 반대편에서 바라보면 저 시퍼런 지구도
숨 붙일 곳
사람이 살 별이 아닌 걸.
죄다 죽어 나가잖아!

●명왕성: 태양계에 있는 왜소 행성으로 1930년 2월 18일에 클라이드
톰보(Clyde Tombaugh)가 발견했다. 처음에는 태양계의 아홉 번째
행성으로 불렸으나 크기가 달보다 작고 공전 궤도도 타원형으로 찌그
러져 있어 논란거리가 되었다. 국제천문연맹은 2006년 8월 24일자로
명왕성의 태양계 행성 지위를 박탈했다.

보덴제 1

석양의 절벽에 나의 차는 멈추어
저 침묵 속으로 스며드는 햇살에 젖는다

마지막으로

엔진은 아직 뜨겁고
헤드라이트 불빛 으르렁거리며
자리다툼을 하고 있다

얼마나 위험한 곳을 지나왔는지
끝내 몰랐으면 얼마나 좋았을까
자갈과 모래가 흘러내리는
저 원통한 산길을 가로질러

이내 밤이 내렸고
어둠에 지친 모두 배가 고파
옛 시간 속으로 걸어 들어가느니
사랑조차 공허한 진공의 시간

1980 몇 년,

이십대의 알몸뚱이들

보덴제 2

여행은 낡은 교실이니
상상을 현실로 바꾸는 곳
아이를 기꺼이 나그넷길로 내몰고
그리움의 제물이 되게 하며
추억의 찌꺼기로 남게 만든다

우리는 늙고 병들며
오래된 기억으로 가물가물해진다
구차함과 동행을 갈구하며
길 위의 오랜 잠이 상징이거나
예언임을 깨달을 준비는
출발하기 전에 마쳐 두었다

낯익은 길을 걷는 걸음도
언제나 낯섦을 앓는 법이다
정수리에 만년설을 얹고
산정에 쏟아지는 폭포를 맞는다
성당에서 기도와 십자가를
네 몫의 축복을 도둑질한다

땀에 찌든 늙은이가 페달을 밟아
허둥지둥 앞서 떠난 손자들을 따른다
아들과 딸이 저 먼 곳에서
식탁보를 햇볕 아래 펼치고 있다
포도나무 사이로 바람은 역류하고
거듭해서 셔터를 누른 카메라에는
아무것도 남지 않는다

인생은 축축한 암실
망막 없는 안구 한 알이다

그런 오후, 오후의 나날들을
그들은 인생이라고 부를 뿐이다
식사는 늘 최후의 만찬이며
기억은 엄벙덤벙
이 호수에서 저 호수로 건너다니며
믿을 수 없는 오래전의 얘기를 하다
또 아니라며 지워 버린다

그러면 우리는 다짐한다

다시 오자, 다시 오자고.
허리까지 눈이 쌓인 추운 겨울밤
이곳 어딘가에서 길을 잃고
작은 주막에 들러 며칠이고 보덴제를
내려다보자고, 이 사치와 허영이
불가능한 다짐이
곧 불멸이라며……

Foreign Correspondent

—Amsterdam

傘傘傘傘傘傘傘傘傘傘傘傘傘傘傘
傘傘傘傘傘傘傘傘傘傘傘傘傘傘傘
傘傘傘傘傘傘傘傘傘傘傘傘傘傘傘
傘傘傘傘傘傘傘傘傘傘傘傘傘傘傘
傘傘傘傘傘傘傘傘傘傘傘傘傘傘傘
傘傘傘傘傘傘傘傘傘傘 ■ 傘傘傘傘
傘傘傘傘傘傘傘傘傘傘傘傘傘傘傘
傘傘傘傘傘傘傘傘傘傘傘傘傘傘傘
傘傘傘傘傘傘傘傘傘傘傘傘傘傘傘
傘傘傘傘傘傘傘傘傘傘傘傘傘傘傘
傘傘傘傘傘傘傘傘傘傘傘傘傘傘傘
傘傘傘傘傘傘傘傘傘傘傘傘傘傘傘
傘傘傘傘傘傘傘傘傘傘傘傘傘傘傘
傘傘傘傘傘傘傘傘傘傘傘傘傘傘傘
傘傘傘傘傘傘傘傘傘傘傘傘傘傘傘
傘傘傘傘傘傘傘傘傘傘傘傘傘傘傘

—Alfred Hitchcock, 1940

오로라

저 푸른빛은
너의 손수건을 적시지 못해

시간은 물들지 않으니
별자리 가득 비가 내리는 시간
기어코 너를 만나리라는
오래된 다짐

북극을 가로지르는 정오는
네가 지나간 뒤
다시 지나온 뒤
하늘길이 되었다

통과할 때마다
은하수가 뽀얗다

이토록 지독한 약속이어서
기미(機微)여, 너는
저 진공의 어둠에 속하거나
소용돌이이거나

골치 아픈 상상이다

독한 글쓰기
뒷북이다.

옆구리에 대한 궁금증

마야 부인의 잠은 아주 얕았으리.
여섯 개 상아를 문 흰 코끼리
오른쪽 옆구리에 드는 것을 보셨네.
룸비니 사라수 그늘 아래
가지를 잡아 고타마를 낳았으니
코끼리가 든 바로 그 자리
오른쪽 옆구리였다니.
그곳이 어디인가,
하느님 아담을 지은 후
배필을 마련하느라 슬쩍
갈빗대 한 자루 떼어 내신 곳
카우카소스에 묶인 프로메테우스가
독수리에게 간을 찢기느라 헐린 곳
거룩한 아드님 십자가 높은 곳에서
창에 찔리어 물과 피를 흘린 자리일세.
토마스는 그 구멍에
손을 넣어 보고야 믿었노라 했으나
애석하여라,
본디 제 옆구리에 새겨진
찰나의 터널을 나중에야 지났을 뿐.

방콕의 황금 부처는 오른쪽으로 누워
이제 막 긴 잠에 드시려는데
비로소 인연이 지상에 흘러
대지를 연 향기로 적시려는가.

키르기스스탄에서 자전거 타기

물은 사람의 혼백과 같아
얼음이 되어서도 제 일을 한다
깡깡 언 길에 내리는 달빛,
발바닥이 쩍쩍 달라붙는다

얼음은 물의 주검이 아니다
아물어도 상처는 남고
슬픔을 지워도 넋은 토막 나
갈피 속에 통증이 알을 낳는다

과하마(果下馬) 한 필을 빌어
가장 먼 곳까지 가야 한다
오지 않는 새벽은 아득한 기억이 되어
어디서 부르는 소리 어렴풋하다

시간이 못 박힌
지평선
소년의 그림자 하나
자전거를 타고 외길을 달린다

26

아, 이리로 방향을 트는구나!

바람에 섞여 다디단 콩깍지 냄새도 난다

●뛰어난 사진가 조용철에게 바친다.

어머니의 죽음

해가 지려는데,
북태평양의 검은 바다를 건너던
크루즈가 엔진을 껐다.
굴뚝에서 쿨럭 연기가 솟구쳤다.
범고래 떼 물속으로 꽂힐 듯
뛰어드는 소리 쪼옥—쪽 별났다.
돌아오지 않았다.

선내에선 파티가 한창이었다.

해가 지려는데,
주먹 같은 눈송이 허공에 비치는가 싶더니
하늘 기운 물낯에 내려앉았다.
그렇게 고요하게
그렇게 빨리
흠 없는 사랑이 자취를 감추리라고
배워 두지 못했다.

해가 지려는데,
해가 지려는데…….

28

KLM으로 귀국하다

암스테르담의 오후 네 시와 헤어져
동쪽에서 한낮을 맞을 때까지
아홉 시간 사십오 분

큰 날개를 저어 성층권에 오른 뒤
제트기류에 맡기면 그만

새벽 나절 지평선이 낯을 붉히고
손을 베일 듯, 초승달 아래
황금빛 혈흔처럼 흩어진 별들

흘겨본 우주는 보랏빛인데
지상엔 반짝이는 백열등
가장 아름다웠던 목숨 두어 개

착륙

목동 쪽은 장관이군
발광다이오드가 점점이 불을 밝힌
한밤에 인간의 거처는 모두
제자리에 꽂아 줄을 세운 듯
나는 이렇게 높은 데서
구경꾼이 되어 있느니
내 자리는 다른 형번이 납땜되어
설령 정신이 돌아와도
몸뚱이는 돌아가지 못한다
비밀번호를 외지 못한 채 어둔 강을 건넜고
육신은 이미 먼 곳까지 흘러가
혹은 가라앉거나 혹은 승천했으니
남은 자들은 제 몫을 다했어라
이륙하기 전에
나의 몸은 메말라 갈수록 살뜰히
아픔의 기억을 환기했느니
찬물로도 지울 수는 없었으리
열쇠를 든 노인이 키워드를 물어도
대답하지 말아야지
어차피 곳곳이 금 가고 허물어진

목숨의 겹겹 주름에 구리 침을 긁적여
꿈결의 가락조차 발라낼 줄을
내가 모를 줄 알고!

……

이를 악물고 깨어났다
대지에 발을 딛는 순간

부팅

집으로 가는 길에 소설책 읽기

푸른 중국 도자기를
정확하게 두 쪽으로 가르고
창틀을 가까스로 넘어가는 오후의 햇살
자꾸 오기를 부리며
오늘은 혼자 집에 가야겠다고
너는 떼를 써 댄다.

수원으로 가는 전철 출입구
스테인리스 기둥을 등에 지고
용산에서 노량진으로 건너가는 태양
무너져 내린 밤섬의 나지막한 숲과
물에 잠긴 돌쩌귀 위에
너는 온 마음을 던져 버릴 듯

젖은 책장을 뒤로 넘기며
해야 할 약속을 내일로 미루고
이 많은 사람들이 왜 아무 말없이
오늘을 견뎌야 했는지
축축한 고요는 한 길 물속과 같아
여인들은 역광에 머리를 처박은 채

시시각각 숨겨 간다,
아무런 약속도 지켜지지 않고
당신들의 생애는 저물어 버린 것이다
무릎을 꺾는 순간부터
깨어나라 깨어나라는 주문을 외듯
휘파람 소리 콧김을 쏟아 놓고

월식

통영 앞 포구에 하나
칠보산 기슭 절터에 하나
그렇게 작대기를 꽂으면
세상의 덩치를 잴 수 있다.

지구가 서에서 동으로 회전하므로
해가 동에서 서로 진다.

—누가 나가서 보고 왔나?

사람들이 실뭉치에 꽂힌 바늘처럼
밤송이처럼
그렇게 붙어사는 별.

마음이 헤매고 다녀
거리도 크기도 잴 수 없다.

제2부

무성영화

  꿈속에서 꿈을 꾼다 꿈을 꾸고 있음을 안다 지구에 살면서 은하의 범람을 체감하기보다 훨씬 쉽다 그래서 마음대로 한다 가령 창밖 화단에 자라는 창포 줄기를 베어 버리려다 그만둔다 그것이 얼마 남지 않은 희망이거나 최소한 재수라는 사실을 안다 지붕에 내린 눈이 흘러내릴 때 흘러내려 창 앞에 차곡차곡 쌓일 때 쌓여 시야를 한 뼘 또 한 뼘 베어 나갈 때 눈은 그대 발걸음을 덮고 또 덮고 덮이는 그대 발걸음과 그림자의 기억마저 지붕에 내리는 지붕에서 무너져 내리는 눈에 묻힐 때 무성의 꿈이 무엇을 말하는지 무엇을 말하고픈지 나는 안다 창으로 기어 나가 쌓인 눈을 밀어내고 시퍼런 낫자루를 던져 버리고 움켜쥔 꿈의 자락이 무엇인지는 말하지 않아도 안다 움켜쥔 주먹에서 피눈물 난다 왜 모르랴 꿈은 노동이다 꿈과 다투며 삶을 가꾸는 중노동이고 막일이다 피를 팔아 연명하는 참사여

아침마다
—routine

에잇!
잔뇨와 잔변
더럽게……

화장될 때
똥과 함께 타기 싫어
파묻혀
똥과 함께 썩기 싫어

나이를 먹을수록
왜 이럴까

나중엔 변비까지
겹쳐 가지구
머릿속이 빡빡하네

주일 목욕

한저녁 마을 목욕탕에서 쩔쩔매며 땀을 낸다 모공을 솟구친 땀은 턱밑에 모였다가 물엿처럼 주욱 늘어진다 그렇다 늘어져 부서진 한증막 바닥 마룻장 사이로 지나간 한 주 또 한 주 서러운 술과 야근과 길고 짧았던 통화의 기록과 고과로 환산된 슬픔이 떨어져 흔적으로 스민다 쩔쩔맨다 벌겋게 달아오른 몸뚱이도 지하수를 퍼 올려 가둔 냉탕 속에 들어갈 때 흠칫 숨을 죽이는 법이다 어—허— 터지는 목청은 아무리 좋아도 신음일 뿐이다 복(福) 자가 흩어진 냉탕의 밑바닥을 들여다보며 생각하느니 인간의 목욕은 로마에서 배웠느니라 식어 가는 푸른 뇌피에는 카라칼라 아이도네 카이저테르멘과 같은 섶 속의 기억이 떠오르거니와 박정희로부터 배운 나의 혼에는 다르륵 그어 내린 절취선이 있느니 이 비열한 연상으로부터 게놈 지도 속까지 벌레처럼 스민 시오노 나나미와 이윤택과 토마스 불핀치의 번역과 변명으로부터 떨쳐 일어나 얼음장 같은 수면 위에 소용돌이를 일으킨다 물속에서 내다보는 세상이 구경이라면 대기는 물속이며 물고기의 눈깔(魚眼)로는 들여다보는 셈이니 정시 뉴스를 기하여 절취선 아래의 시간과 사고는 덤이거나 덤이 아니거나 저울에 달아 볼 일……

연안 부두에서

흩어진 보도블록 사이로
질경이가 돋았다.
이글거리는 햇빛 아래서
외려 반질반질 빛을 내는
그 푸른빛이 서해 바다고
내가 지나온
1980년대였다고 믿는다.

잿빛의 바다를 내려다보며
심한 바람이 불면 흔들,
흔들거리는 저 외로운 아파트
한 동 한 동에
그 척추에 심어 둔 구리 막대기
그 고집 속에 나의 사랑도
시퍼렇게 녹슬어 간다.

망가질수록 선명한
맹독(猛毒)의 사랑과
느려진 걸음.

중년 1

동안(童顏)이란 말을 자주 들을수록
고개를 넘어가는 나의 생애는
1978년 9월 1일
청량리 맘모스백화점 앞에 불던 바람이며
그 앞에 내가 입고 선 교복이고
1987년 4월 3일 황학동 골목
골동품 가게에 둘러싸인 헌책방이고
2004년 4월 3일 홍제동 고가 차도이다.
무엇보다 조심해야 할 한마디 말
짙푸른 연기이다.

중년 2

검은 연기를 내뿜으며
그날 마지막 버스가 떠났다
물 고인 종점
내 몫의 짐을 지고 달려간 그곳
밤이 깊었고
흘러간 사나이들은
뱀을 사냥하는 곰과
오래전에 먹은 우럭회 얘기를 하며
늙어 가고 있었다

나는 큰길로 달려 나가
먼저 떠난 버스를 찾아본다고
잘 알지만
기억할 수 없는
코발트색 버스의 뒤창은 어두웠다고
같은 말을 반복하고 있었다

집 안의 집

내 집의 수명은
원래
나와 비슷하게 맞추어 놓았으나
조금 더 오래갈지도 모른다.

연산홍 흐드러진 봄날 창가에 기대
호앙 질베르토를 들으며 조는
나의 시들기 시작하는 머리통 위로
뜨끈한 한낮이 지나간다.

저 죽을 줄도 모르고
해마다 봄볕이 그리운 놈이란
치익, 꺼지는 향 연기라서
태양의 산법(算法) 따위는 모른다.

그러나 잠들 무렵,
이 날림 가옥의
뼈마디가 어긋나는 소리쯤은
들을 줄 안다.

영안실

아무리 소담한 해변의 소읍이라 해도 병원에 딸린 영안실이라면 두 개나 세 개보다 더 많기를. 새벽별 길 터벅터벅 저녁 석양 길에 딱 하나, 파도를 등진 형광등 불빛에 비추어 간판을 봐야 한다면 참으로 참으로 막막할 터이므로. 앎으로써 처연하고 또 알 수 없는 종말이 세상엔 반드시 있는 법.

정전 1

촛불 참 파아랗다
낯선 별에 눌러앉아
밥 한 그릇 물 말아 먹는 밤

출렁이는 어둠,
시선(視線)들이 둥그렇게 둘러서서
기다린다, 기다린다,
벼른다

나그네 별들이 지구를
태양을
쉰, 예순, 일흔……
그렇게 돌다 떠났다

강추위가 온다는 밤
뒷산 절에서
밤새 종을 친다
큰스님 기침 소리

정전 2

희부연 반점은 잔상이다
반대편 어딘가에 문고리가 있다

어둠 속에도 빈 곳이 있어
거기서는 숨을 쉴 수가 없다

약 한 번 치면 별이고 달이고 혜성이고
우수수 다 떨어지리라

널찍한 구들방에서 쉬어 가는 밤
하루,

우주가 깊다.

부고

인왕산 바윗덩이에
비가 내린다
시커멓다

어머니 주무시던 방
다리를 꼬고 앉는다
창을 닫는다

뚝, 뚝
떨어진다
시간의 살점

언제까지
이곳에서 기다리면 되는지
아무도 말해 주지 않았다

나날은 왜 그리 날것뿐이며
해 질 녘 핏빛은 흥건한지
다만 짐작하는 밤

스승의 날

열흘 뒤 찾아뵌
우리 선생님
이명이 심하셔서
말씀도 줄이시고
약주도 줄이시고
얼굴에 묻은 미소만
오래오래 머무셔서 슬픈

어렵게 입을 떼시더니
앓으시기 전
먼 데서 지진이 난 것처럼
꿀럭꿀럭 땅울림이
밤새 잠을 못 이루고
새벽을 맞아
욕심 다 사라진 후에
살아온 날을 정확히 헤아리겠더라고

밝은 날엔 덜했다가
캄캄한 밤
혼자 계시면 심해지는 이명

나는 의사가 아니라
고쳐 드릴 수 없지만
이런 방법은 없을까
휴대전화 착신음을 바꾸듯
즐거운 소리들만 다운 받아서
듣게 해 드리면 안 될까

그러면 새 파일은
어디다 깔아야 하나
귀에?
머리에?
가슴에?
그것도 아니면
지진이 난 것처럼
꿀럭거린
선생님의 대지
그 먼 어느 자리에?

중년의 귀가

꿈속에서는
조금 더 멀리 여행하며
조금 더
가난하다

오래전 여행 책자에 나온
호수와 가게가
사라지고 없다
돌아오는 기차가 끊겼거나

환승 택시는
약속을 지키지 않는다
집에 가는 버스는 늘 붐비고
낯선 사람 가득하다

오래전에 죽은 친구가
어린 얼굴로 나타나 손을 흔든다

운전수는 아는 길로 가지 않는다
골목은 변했고 아무도 없다

망각은 통증이다, 주방에서 보글보글
기억이 끓어넘친다
집 전체가 앓는 이 저녁
식구들은 모두 어디로 갔는가

셧다운

나는 별 사냥꾼이다. 휘휘 지나다니는 살별의 무리나 별똥별 같은 놈들은 죄다 삐끼야. 별 무리도 물범의 떼와 같아서 수놈으로 골라 쏘아 넘기면 별자리 하나쯤 씨가 마른다. 은하는 어머니의 세계이니 수놈의 불알을 까도 빛이 저물지 않는다.

내 생애는 비행접시다. 별과 별 사이로 용케, 아무 데도 부딪히지 않고 잘도 날아간다. 애초에 정히 좌표가 있으니 여행의 끝에서도 잊지 않는다. 시동을 꺼라, 전원을 내려라. 털썩 내려앉은 모니터, 영겁의 블루 스크린에 비로소 네 얼굴 비친다.

사이보그

겨울 주차장에 쪼그려 앉아
겨드랑이에 셀프로 윤활유를 친다

시동을 끄고 올려다보니
기차가 지나가는 하늘

기적 소리 참 길다

생각이란 기억
가장 독한 건 슬픔

철갑을 두른 인간이란
그리워하는 좀비
기름 벌레지

제3부

정오의 달
—2003년 2월 23일

낮 열두 시
서울
창백한 달 아래
나는 한길을 걷고 있으며
달의 그늘 속
단지 살고 있을 뿐
목적지는 길게 뻗어
그늘 속에 숨긴 심장을 꿰고
머릿속 슬픔
축축한 소절만 추려 부르며
다친 자리를 더듬는 시간
나는 이 길의 모서리여서
이편과 저편의 삶이어서
불러 보기를
'Soul!'
상표들이 나부끼느니
세일, 핫 세일,
Heart sale!

좌대 요금 삼만 원

세 칸 반도 벅차다
일어나서 미끼를 던져야 하니
순간 아픈 곳이 모두 기억난다

납덩이에 매달린 기억은
조금 더 깊은 곳으로 가라앉아
실종된다

케미를 매단 부들 찌는 신호가 아니라
막연한 기대를 중얼거리며 빙빙
제자리를 떠도는 노숙자일 뿐

예보는 맞지 않을 것이다
비는 내리지 않고 밤새 바람이 불고
나는 잡어 한 마리 올리지 못하리라

그 새벽에 저 건너서 배가 건너와
내 이름을 부르고, 오래전
낯설어진 뭍으로 돌아가리라.

인왕시장

닭의 두 발은 빳빳이
허공을 받쳐 들고 비명을 지른다.

마지막 고통을 참아 내느라
악다문 바둑이의 희끗한 이(齒)

언제나
일부분은 온전히 남아 있다.

길에서는 원한이 번들거리며
태양 아래 빛나고
말없이 지나치는
시선은 고요하여
물속과 같다.

오래전 멈춘 숨이
가끔 기포가 되어 터진다.

"얼마예요?"

루시

그녀에게도
한쪽 어금니로만 음식을 씹는
습관이 있을까

힘들면 코끝이 헐고
자주 땅을 내려다보며
생각에 잠길까

캐비닛에 가둬 둔
컴컴한 과거,
모계의 독재자일지 몰라

신호등이 바뀌었다,
새벽의 이브는
대졸 삼 년 차 인턴

●루시: 오스트랄로피테쿠스 아파렌시스. 약 350만 년 전에 살았을 고
인류학상 최고 원인(最古猿人)이다. 1974년 에티오피아의 하다드 사
막에서 발견되었다. 키는 1m 가량, 나이는 스무 살 전후로 추정된다.
꼿꼿이 서서 두 발로 걸었고 뇌 용적은 400cc로 현대인(1,450-1,500
cc)의 4분의 1 정도다. 그녀가 발견된 날 밤 조사팀 캠프에 틀어 놓은
라디오에서 비틀즈의 노래 「Lucy in the Sky with Diamond」가 흘러
나왔다고 한다. 'Lucy'는 라틴어 'Lux'에서 왔다. '빛'을 뜻한다.

전단지 속 고개 숙인 돼지

길 건너 화계쇼핑
큰 회사에서 연 대형 마트 때문에
어렵다고 하는데, 건재한 건가
새벽에 나가 받은 신문 갈피에
전단지가 끼어 왔다, 거기
살이 잘 오른 돼지가,
아니라 돼지의 실루엣이 온몸 가득
문신 같은 가격표를 새기고 섰다.

진짜 돼지를 본 지 십 년이 다 돼 간다.
진짜 돼지도 늘 고개를 숙이고 있었다.

값이 많이 올랐네
목살 한 근 8,400원, 삼겹살 8,600원
족발은 따로 표시가 없고
전단지에 이리저리 그은 금
거기 매긴 가격, 진짜 돼지라면
어디부터 어디까지 삼겹살인지
목살인지 금 못 긋는다.

내가 사다 먹는 목살과 삼겹살은
그냥 그런 줄 알고 먹는 거다.

●서울시 종로구 구기동에 있던 '화계쇼핑'은 결국 문을 닫았다.

멈춘 시간 위에서 새가 울다

오전 열한 시의 교차로
흰 띠를 두른 혈관을 드러내고
길이 꿈틀거렸다
신호가 바뀔 때마다
벽돌이 뒤척이고
어둠 속에 파묻힌 구두창 아래
부패한 알들이 부화했다
얼마나 많은
기억의 자투리들이
하수구 속으로 흘러들어 갔을까
중앙선의 이편과 저편
온통 반짝이는 핏빛 건널목
돛대처럼 곤두서서
주렁주렁
매달린 시간들을
유리창에 비춰 주었다
노래를 들었다
버려진 신발 속에서
바람이 쏟아져 나오고
비둘기는 번들거리는 길 위에

그림자를 떨구며

열한 번의 시보(時報)처럼

가벼운 생명을 노래하였다

죄

벌레다
곤충이다
벽에 달라붙은 죄
KCC 옥장판 위를 기어 다니는 죄

머리 가슴 배
다리는 여섯 개
가슴과 배가 분명치 않아
종자가 나뉜다

가슴이 지은 죄
창자가 지은 죄
칸칸이 나뉜
머리통 속에 나눠 지은 죄

참수로는 불가하고
정수리를 두들겨 두 동강 내야
비로소 죄를 죽여 점을 치고
업을 면한다

고열

금요일 오후에 조퇴를 신청하자 부장이
이마를 짚어 본 뒤 고개를 끄덕한다
거울 속에서 내가 슬쩍 밖을 살핀다

열이 심하면 아스피린을 먹지만
병균과는 생물 대 생물로 싸우고 싶어
항생제는 먹지 않는다

간으로 흐르는 혈류를 생각해서
오른쪽으로 누워 자는 밤
어디서 물 끓는 소리

오십대의 체온이 펄펄 끓는다
병균을 끓인다, 벌벌 떨면서
이제부터 견뎌 내는 놈이 이기는 거다

레테

공인중개사 노인이 몸 담갔던
냉탕의 물이
출렁,
출렁거리다 넘쳐흐른다.

잠잠해진다.

욕실 유리문 밖에서 노인이 회색의 머리를 말린다.
삼십 년 혹은 사십 년쯤 뒤,
내가 유리문 밖에서 물기를 닦을 때도
냉탕의 물이 출렁,
출렁거리다가 넘쳐흐르리라.

잠잠해지리라.

이승의 물,
싸늘한 기억.

●레테(Lethe): 그리스 신화에 나오는 망각의 강.

68

신경통

아프다
자라면서 다친 곳
부러지고 끊어지고 꺾인 곳
저마다 선명하게 기록되어
제자리에서 소리를 내고
불꽃을 튀긴다
긁히고 팬 자리
돌 박힌 자리
어김없이 튀는 전축 바늘
기압과 온도와 습도는
과학적으로 나의 통증을 깨워 내고
시간의 꽃을 피운다

아픈 곳은 언제나 기억 속이다

은하수

한밤의 공동묘지
새끼들이 모여들어 머리를 조아린다
나그네의 거처에
상아가 쌓여 빛난다

살별은 코끼리의 무리
길을 잃어
아직 기다리는 식구도 있다
빛은 느리게 가는 시간이다

은하 222호
수레 타고 떠나는 이중섭네

제4부

대파
―김포 시편 21

눈 살짝 내렸다가
아침 햇살 비끼자
녹는 중이다.

새로 깐 아스팔트
젖은 차선 위에
비닐에 싸여
뿌리가 하얀
대파 한 단

휘익 휙!

트럭이 비켜 갔다.
시외버스도.

아슬아슬하다

자전거 타는 법
—김포 시편 22

다 왔는데……

그러면서 노인은
자전거를 세우고
나무에 기대서서
땀을 씻는다.

마송에서 군하리 가는
해병대 앞 오르막길이
이제는 가파르다.

짐칸에 앉은 손자가
버들잎을 딴다.
금방
"할아버지 왜 안 가?"
그래 놓고서
대답은 듣지도 않는다.

할아버지도
듣고는 곧 잊어버렸지.

삼성역에서 돌아오다
—김포 시편 23

달 표면을 걷는 사람들
발에는 바퀴가 달렸다
인디오들이 노래하고
현관에서 회전문은
달빛을 저민다.

뜨끈한 코피를 쏟으며
누군가 육교를 건너갔다.
훈훈한 달빛 아래
연산홍 다 시들었다.

들에서 잠을 깨어
—김포 시편 24

지구의 절반은
우리의 가슴
시간은 검은 들소처럼
밤의 한복판을
짓밟고 지나간다

아직도 생각할 수 있다는 게
놀랍다

제각각 다른 곳을 보고 있는
두 개의 눈
어둠은 한 덩이
한숨과 같이
짐작 속의 저 벌판 위에
나뒹군다,

바람에 불려 다닌다

공항
—김포 시편 25

그곳에서
하늘은 검은 바다가 되어
흰 돛단배
등불 매단 깃대 끝을
떠나보낸다

수평선은
젖은 땅에
빗줄기로 내리꽂혀
마른 이끼의 삶과
곤두선 시간을 노래한다

먼 길을 떠난 사람은
강철 같은 추억 속에 갇혀
빛과
어둠의 갈래를 넘고

가장 깊은 곳에서
별들은 숨을 죽인다
경계를 터 버린 그곳

진공 속의 울음에는
소리가, 없다, 절대로.

문수산 오르기
―김포 시편 26

하늘이 나를 통과해
지나간다.

저 말 없음은
나와 같은 재료로 만들어졌다.

바람 앞에
코끝 찡해라

●문수산은 경기도 김포시 월곶면 성동리 산35-1번지에 있다. 해발고
도 376m. 김포에서 가장 높은 산으로 조선 시대 숙종 때 축성한 산성
이 있다. 1866년 병인양요 때 프랑스군이 이곳을 점령하였다고 한다.
문수산 산자락, 산성 안에 문수사가 있다.

이제 막 내리는 어둠
―김포 시편 27

저물녘
아버지는 돌아와 식탁에 앉고
처마 밑 고드름 다시 얼어
바람에 부르르 떤다

서쪽 하늘 푸르고
질퍽거리며 놀던 들판은
검은 먼지 같은 어둠에 덮여
다시 모인 배불뚝이 아이들
말이 없다

마을 어귀
발자국,
발자국마다
흙탕물 가라앉아
맑아진 웅덩이
가로로
또 세로로
살얼음 덮였다
밟아 깨도 다시 어는

쉰 너머
나이를 먹듯……

가을 논에 나가서
—김포 시편 28

시월 무논은
한낮 햇빛에
부푼 젖가슴 같아
잔뜩
더운 김을 머금었어라
이제라도 다시
시작하면 될 듯
군데군데
새로운 싹도 돋고.

저문 날
담배를 태워 문
사내들만 알지
끄트머리
기일게 부는
바람 자락
쓰다듬으면
또 한 해는 오래전
이미 안녕히.

송년
―김포 시편 29

젖은 장작을 쪼개는
저녁나절의
긴 말 없음

눈 오는 밤
겸손한 각오

서로 권하며
눈 맑아 가는
술잔과 같이

밥
—김포 시편 30

밥을 안 먹겠다는 우리 딸
빌고 빌어 밥 한 공기 다 비우고
간신히 오른 출근길
무논 옆 마을 회관을 지나치다가

추수 끝난 논바닥
누가 저렇게 파헤쳤을까
드러난 가을 논의
시커먼 속
환갑도 못 살고 떠난
아버지의 굳어 버린 간덩이처럼
컴컴한 침묵

말씀 없으시던 아버지는 곧잘
"안 먹으려거든 숟가락 놓고 물렀거라" 했지만
나는 딸아이가 삼키는 밥 한 톨에
그저 감사할 따름이다

아, 그러니까
무논에 난 삽날 자국

내가 지금 지나친 어둠 속에
아버지의 큼직한 밥술
꿀꺼덕 넘어가던 중년의 아침밥이
그 뜨끈한 외로움이
다 고여 있는 것인가

경로당 가는 길
—김포 시편 31

꿩이며 까치며 참새들까지
기운 햇살 아래 마른 논을 뒤적여
또 하루의 일용을 고르는
황금의 시간도 저문
출출한 저녁이면 왜 이리
바깥일이 궁금할까.

먼 훗날
뜨겁고 진득한 호수 밑바닥에서
거미줄 한 올 기다리며
몸을 뒤챌 때
어제와 오늘의 하루는
큼직한 손으로 내려치는
반상의 돌 한 개처럼
또렷한 뜻으로
기억되리라.

나의 비겁
―김포 시편 32

저울에 새겨진
몸무게를 믿지 않는다.
구름 위를 날아 본 사람이라면
시퍼런 지구 중력의 고집스러움과
날탕 같은 인간의 발돋움질 사이에서
무언가 덜어지는 줄을 알리라.
그리고 지구는 졸고 있지 않은가.
분명 몸무게는
태양이 지나가는 한낮에 한없이 늘고
이누이트의 땅에서는 가볍겠지.
옷을 홀랑 벗고
부들부들 떠는 저울 바늘을 내려다보면서
손에 쥔 옷장 열쇠를 놓을지 말지
고민하는 건
정말 치사한 일.

제5부

극지(極地)

그대 사는 처마 아래
심장을 걸어 두었지

노을 가장 붉은 날
우주의 폭풍과
시간의 포효
문득 깨달아

약간은 축축하게
약간은 꾸득하게

뛰는 맥박
두려움

백 년 동안의 고독

1

　그녀와 함께 보낸 한 해 여름 한 해 겨울 동안 그는 나이를 먹었고 죽을 뻔했고 가까스로 살았다 타오르는 듯한 한여름에 그의 뺨을 후려친 그녀는 마지막 겨울이 되었을 때 그의 뺨을 어루만지며 울었다 그녀의 손가락 두 개가 스쳐 간 그의 뺨에 타오르는 듯한 통증이 남았다 그리곤 그만이었다 두 달 뒤 사진이 왔다 봉투에는 소인도 발신지도 적히지 않았다 친구들은 모조리 재미 동포가 되어 콜렉트 콜을 걸어 왔고 장애인 전용 승용차를 샀다 그는 서른이 넘은 후 두 여자와 맨몸으로 잠들었으며 다른 두 여자 몸속에 시멘트를 쏟아부었다 감각의 절정에서 그는 연어처럼 몸을 허옇게 뒤집으며 죽는 모습을 그렸지만 죽음보다 더 깊이 빠져드는 잠의 수렁을 건너갈 수는 없었다

2

　너라는 주제
　너라는 환상
　너라는 범주

너라는 변주
쓰고 남은 시간의
모든 나머지로부터 나머지까지
시간의 사슬을 끌며
너라는 저울 위에 오른다

멀리 놀러 간 것이라고
이제는 지나간 시간을 갈무리해 둔다
거기서 시간이 더 오래
다시 오기 어려울 거라고 이해하면서
우리는 지쳐 간다
가장 가까운 뉴욕에서 너를 볼 수 없었듯이
가장 가까운 말리부에서 너를 찾지 못했듯이
한국어가 낯설어진 먼 훗날의 사원에서
해묵은 동전을 찾듯 너를 기억하리라.

3

손바닥이 벗겨졌지요 장갑을 벗고 스윙을 했더니 물집
이 생기고 아프더군요 크리켓 선수처럼 흰옷을 입었지만

짧은 머리칼 아래 갈색 눈동자 언덕 위에 지은 집을 좋아
했지 푸른 불빛과 커피와 홈통을 타고 흘러내리는 빗물 담
을 넘어와 창을 타고 흐르는 도둑 같은 사랑 사랑 같은 추
억을 간직한 채 그녀는 동트기 전 시보레를 몰고 골프장으
로 나간다 노란 봉투에 햄버거를 채운 채 거리에 고인 물
을 박차며 어둔 골목을 가로질러 신호등 저편의 언덕을 넘
어야 했던 80년대의 마지막 추억을 멀리 날려 보내고 찾
아가 확인하고 또 먼 곳으로 날려 깊은 우물 속에 던졌다
가 다시 끄집어내 닦아 대듯이 아무것도 바꿔 놓을 수 없
는 동틀 녘의 숨소리 입가에 점이 찍힌 마돈나 같은 그녀
의 사랑은 구식으로 치켜 그린 눈썹 위에 서서히 내려앉는
젖가슴과 부어오른 어깨 위에 상처 몇 개를 남겨 놓았다.

4

살아가는 모든 나날들 속에서
스쳐 가는 모든 사람들 속에서
너의 일부를
너에 관한 기억의 조각조각들을
만나고 겪으면서

94

고개를 숙인 소,
새벽녘 우리를 떠나
아레나를 향해 가는 검은 소처럼
나는 늙어 가겠다.
검은 외투를 입고
두 뿔에 리본을 단 채
춤을 추듯 가벼운 걸음으로
몇 십 년 안에…….

수화

창은 꼭꼭 닫았다.
통유리가 널찍하다.

네가 서서 내다보는 거기,
내가 서서 내다보는 여기,
그 사이에 낙엽이 지고
그 사이에 눈이 내리고
사람들이 지나다닌다.

네가 입을 열었다.
내가 손을 들었다.
계속해서 낙엽이 지고
계속해서 눈이 내리고
사람들이 지나다닌다.

여기 서서 마주 보며
거기 있는 너를 듣고 있다.
목소리로 생각한다,

거리가 필요하다,

이만큼
멀리.

시카고 블루스

95층.
거미가 바람에 흔들린다,
서쪽으로 바라보는 지평선이
더욱 멀 리는 없다.
미시간호 출렁이는 파도 속에는
소금기 한 점도 남지 않았다.
철근을 심지 삼는 콘크리트는
삼십 년이 수명이라고도 하고
천년토록 끄떡없다는 사람도 있다.
저녁 열 시 약속에 맞춘
커피 타임
시멘트 향기는 아무 뜻 없이
한 주 한 주 치솟은 어둠의 기둥,
이마와 허리에 불빛을 매단
외로운 촛대.
저 아래서 해리슨 포드가 하늘을 보며
지나가 버린 기차를 추억한다
스스로 도망자 되어 쫓기고 쫓은
젊은 나날조차 더 갈 곳 없어
어쩌다 한 번쯤 그녀의 식탁도

환한 불빛 아래 흐느낄지 모르지.

커다란 방 이야기

두 사람은 사랑하다 사랑하지 않았다
함께 지내던 방을 떠나며 남자는 말했다
돌아오지 않겠어— 여자가 그러라고 했다
삼십 년이 지났다 남자는 돌아가지 않았고
여자는 기다리지 않았다, 이십 년이 더 지났다
사랑은 기억이었고 그리움은 잠정적이었으며
미움은 가능성이었다, 그리움을 지우지 않고는
미움을 지울 수 없기에 사랑은 지독한 생물이었다
허황된 망각이 희망으로 남아 마침내 남자가
여자를 생각했다 보고 싶어
그가 떠나온 그 방에 돌아갔을 때 여자는
없었다 사실은 방도 없었다 어디인지
기억하지 못했다 돌아왔음을 돌아왔다는
말의 의미를 돌아옴을 잊었다
기억할 수 없는 기억 속의 방이 커져서
남자의 머리를 깨고 나갔다
생각은 세상에 존재하지 않는 방이 되었다
방 안팎에 사람들이 북적였으나 그 안에도
여자는 없었다 어디로 간 것일까
남자는 돌아가겠다고 생각했을 때

자신이 어디에 있었는지 잊어버렸다
사랑하였으나 헤어졌고 모든 것이 사라졌다
무엇을 지웠는지 잊었는지 아직도 알지 못하고
아무도 모를 것이다. 여자는
알까, 알았을까
혹 알게 되었을까.

추행

그건 오해야

실수이긴 해도
슬쩍 지나갈 수 있잖아
잘못 짚은 나의 두 손이
설령 너의 심장을 움켜쥐어도

거긴
낯선 곳이었잖아?
마음이란 건
언제나 긴가민가한 길만
골라서 달리니까

네가 말한 사랑은
육식성,
벌어진 상처
그 안에 슬어 놓은
수정란이야

너를 먹고 크겠지.

문밖의 일기예보

기상 캐스터는
붉은 레인코트를 입었다.
물이 뚝뚝 떨어진다.

문 앞에서 나는
목도리를 두르고 있다.
모자가 벗겨져 구른다.

강한 대륙성 고기압이
세력을 확장하나 보군.
마음이 급하게 자리를 옮긴다.

벌써 저기 간다.
나와 헤어진
넋이.

산정의 호수

반딧불이가 난다.
화성이 일 년 중에 가장
지구와 가깝다는 오늘 밤
쏟아지는 별똥별과
번쩍거리는 인공위성 아래
은하수 굽이치는
여름 하늘 아래

시간의 소용돌이, 소용돌이를
별빛이
반딧불이의 푸른빛이
별똥별 긴 꼬리가 가로지른다.
과거가 미래를
현실이 미지(未知)를 만나고 있다.

만 년 천 년 백 년 전의 기억과
몇 분 전의 불빛과
현재의 생명이
빛으로 만나 이 계절을
이야기한다.

만 년에서 이만 년으로
한 집에서 저 집으로
은하에서 은하로
목숨이,
뭇 넋들이 춤추며
마구 건너뛴다.

한 놈을 잡아 묻는다,
우리 엄마 봤니?

류블라니아행(行)

내 안에
네가 가득 차
넘치기 직전이다.

나는 외출하고 없다,
언제 돌아올지 모른다.

네가 책상다리하고 앉아
없는 나를 뚫어지게 바라보고
라면을 끓여 먹고 밥 말아 먹고
물도 한 컵 들이킨다.

내 안을 온통 차지하고
언제 떠날지 모르는 네가
싫지 않다.

내 안에 없는 내가
오로지 너를 생각하며
네가 없는 어디에선가
뚫어지게 바라보며

라면을 끓여 먹고 밥 말아 먹고
물도 한 컵 들이킨다.

나는 나의 주민등록지,
내가 없는 내 안의 네가
나일 리 없지만
네가 모로 누워
TV를 보고 졸고 누군가를
그리워하는 사이
나는 나고 너도 너고
너와 내가 뒤섞여
퉁퉁 불어도

멍투성이

Away from Her 보러 가서
객석의 조명이 꺼질 때
황급히 안전벨트를 찾았다
(당연히 없지)

아하, 이런 거군

널찍한 우주의 혈관 속으로
시간이 흘러가고
쿵, 쿵
머리며 궁둥이를 부딪혀 가며
나도 따라 흐른다는 거

이런 거로군

기억은 시간 속에 짓는 집

원래 기웃거린다거나
털썩,
엉덩이 붙일 곳 없다는 거

그런 거.

●「Away from Her」: 사라 폴리 감독이 연출한 영화. 치매를 앓는 아내
와 그를 지켜보는 남편의 이야기다.

머리말

　지금 당신이 계신 곳은 헌책방이거나 도서관이거나 혹
시 파쇄 공장 — 전원을 넣기 전에 마지막으로 한번 들추
어 보고 있을지도 모르죠. 아니면 불길 날름거리는 목탄
난로 앞에서 한 쪽 한 쪽 찢어 내다가 문득 서서 한 줄……
그 앞의 쪽은 이미 불태웠네요. 장렬한 불가역! 이도 저
도 아니라면 나무로 짠 서가나 유리 캐비닛 속, 숙환으로
별세한 교수의 연구실 두 줄로 쌓은 책장 어디서 톱밥이
되어 가거나

　아무튼 반갑습니다. 그리고 안녕히. 어쩌면 저 역시 이
세상에 남아 있지 않을지도 모르지만 우리는 발그레한 얼
굴로 이렇게 마주 보고 있습니다. 우주의 이편과 저편, 삶
과 죽음의 경계 가장 먼 곳에서 설핏 눈빛을 나눠 가졌죠.

체온을 재다

내가 나를 바라본다, 죽은 자의 얼굴이다
배경은 토마스 엘리엇의 저녁 하늘
무한 창공이거나 얼얼하거나

빛이 나거나

바라보는 나를 하늘이 덮친다
덮치려 든다, 이 꼴로 살아왔다
이를 악물자 창백한 점 하나
혀 밑에 와서 박힌다,

Big Bang—!

시간이 끓어오른다, 진공 속을 질주한다
지상의 눈금을 지나쳐 지구의
이쪽과 저쪽을 꿰뚫는다, 혈액이 달리는 터널에선
소리가 나지 않는다

수은은 목숨을 요구하지만
유리 속에 가두어 생명을 망보게 한다

서류에 붙은 그래프는 하느님이 진단한다
별빛에 갇힌 밀림, 시골 병원에서
하루 네 번 창을 열면 낭떠러지다
한 걸음도 못 나간다, 백척간두

뱉어 놓은 체온계에 금세 서리가 내린다
깨져 버린다, 단단히 뭉친 은하수 몇 모금
한밤의 가장자리에 맺혀

내가 사는 우주에도 겨울이 찾아왔다
맥박 수가 빠르게 떨어진다
서둘러 동면할 곳을 찾아야 한다

뻥뻥 뚫린 분화구
물 마른 자리.

노스탤지어, 탈향과 귀향의 변주곡

이찬(문학평론가)

1. 역마, 또는 이국취향의 감수성

허진석의 『아픈 곳이 모두 기억난다』는 나날의 삶을 영위하는 일상의 터전 바깥으로 떠났다가 되돌아오는 귀로의 이미지들을 예술적 지력선의 중추로 삼는다. 또한 이 여정의 편린들에는 제 실존의 참된 얼굴을 정직하게 되돌아보려는 내면적 성찰성의 벡터가 곳곳에서 휘황한 빛으로 번쩍인다. 이는 시집의 앞머리를 장식하는 첫 시편에 나타난 "횡단하는 여행은/매 순간 과거가 되어/풀썩 쓰러지거나/내려놓는다"(「브레슬라우 여행」)에서부터, 시집 뒷자리에 드리워진 "나는 외출하고 없다,/언제 돌아올지 모른다.//네가 책상다리하고 앉아/없는 나를 뚫어지게 바라보고/라면을 끓여 먹고 밥 말아 먹고/물도 한 컵 들이킨다.//내 안을 온통 차지하고/언제 떠날지 모르는 네가/싫지 않다"(「류블라나 야행」)에 이르기까지 수미일관한 짜임새를 이룬다.

그렇다. 저 성찰의 움직임은 "마음이 헤매고 다녀/거리도 크기도 잴 수 없다"(「월식」)라는 도드라진 형세의 제유(提喻) 이미지에 응집된 것처럼, 시인의 타고난 체질로 짐작되는 역마의 감각 또는 이국취향(exoticism)의 감수성에서 기원하는 것처럼 보인다. 그러나 그것은 결코 두서없는 방랑자의 정서나 무책임한 방임 상태를 만끽하려는 자리로 나아가지 않는다. 도리어 우리들 모두의 나날의 삶에 들러붙은 권태와 타성을 바닥까지 훑어보려는 실존적 고뇌의 깊이를 에두른다. 또한 시인이 제 삶을 지탱하는 정주지를 떠났다가 되돌아오는 여로의 과정에서든, 혹은 일상적 삶의 한복판에서 존재론적 비의를 그윽하게 감수하는 경우든, 매한가지의 자취와 흔적을 남긴다. 어쩌면 시인은 시간 여행자의 시선과 감각을 제 삶에서 고스란히 살아 낼 수밖에 없는, 이른바 역마라고 일컬어지는 원초적 기질과 숙명에서 달아날 수 없는 자인지도 모른다.

암스테르담의 오후 네 시와 헤어져
동쪽에서 한낮을 맞을 때까지
아홉 시간 사십오 분

큰 날개를 저어 성층권에 오른 뒤
제트기류에 맡기면 그만

새벽 나절 지평선이 낯을 붉히고

손을 베일 듯, 초승달 아래
황금빛 혈흔처럼 흩어진 별들

흘겨본 우주는 보랏빛인데
지상엔 반짝이는 백열등
가장 아름다웠던 목숨 두어 개
                    ―「KLM으로 귀국하다」 전문

저 푸른빛은
너의 손수건을 적시지 못해

시간은 물들지 않으니
별자리 가득 비가 내리는 시간
기어코 너를 만나리라는
오래된 다짐

북극을 가로지르는 정오는
네가 지나간 뒤
다시 지나온 뒤
하늘길이 되었다

통과할 때마다
은하수가 뽀얗다

이토록 지독한 약속이어서
기미(機微)여, 너는
저 진공의 어둠에 속하거나
소용돌이이거나
골치 아픈 상상이다

독한 글쓰기
뒷북이다.

— 「오로라」 전문

내 집의 수명은
원래
나와 비슷하게 맞추어 놓았으나
조금 더 오래갈지도 모른다.

연산홍 흐드러진 봄날 창가에 기대
호앙 질베르토를 들으며 조는
나의 시들기 시작하는 머리통 위로
뜨끈한 한낮이 지나간다.

저 죽을 줄도 모르고
해마다 봄볕이 그리운 놈이란
치익, 꺼지는 향 연기라서
태양의 산법(算法) 따위는 모른다.

그러나 잠들 무렵,

이 날림 가옥의

뼈마디가 어긋나는 소리쯤은

들을 줄 안다.

　　　　　　　　　　　　—「집 안의 집」전문

　시집에서 간추린 인용 시편들의 형상들을 오랫동안 들여다보면, 그 뒷면에는 여행자의 심상이 응집되어 있다는 사실을 알아챌 수 있을 것이다. 「KLM으로 귀국하다」에 나타난 "암스테르담의 오후 네 시와 헤어져/동쪽에서 한낮을 맞을 때까지/아홉 시간 사십오 분//큰 날개를 저어 성층권에 오른 뒤/제트기류에 맡기면 그만"이란 시구는 여로의 광경들을 명시적으로 상기시킨다. 또한 그 뒤에 곧바로 이어지는 "새벽 나절 지평선이 낯을 붉히고/손을 베일 듯, 초승달 아래/황금빛 혈흔처럼 흩어진 별들//흘겨본 우주는 보랏빛인데/지상엔 반짝이는 백열등/가장 아름다웠던 목숨 두어 개"는 시인이 실존적 고뇌와 성찰에 열렬하게 이끌릴 수밖에 없는 기질을 지니고 있다는 것을 암시한다. 더 나아가, 광대무변한 우주적 상상력으로 제 생의 가치를 견인하려는 내면 지향성으로 촘촘하게 주름져 있는 사람임을 짐작할 수 있게 한다.

　저 우주적 상상력은 시인이 어느 여행길에서 마주쳤을 "오로라"의 장엄미와 제 실존의 사소함을 반추토록 강제하는 내성의 충실성으로 깃든다. 「오로라」의 한가운데 들어박힌 "북극을 가로지르는 정오는/네가 지나간 뒤/다시 지나온 뒤/하늘길이 되었다//통과할 때마다/은하수가 뽀얗다"라는 구절은 시인이 온몸으로 체감했을 우주적 생명력의 장엄한 신비와 형이상적 비의에 대한 찬탄의 마음결을 거느린다. 반면 "이토록 지독한 약속이어서/기미(機微)여, 너는/저 진공의 어둠에 속하거나/소용돌이이거나/골치 아픈 상상이다//독한 글쓰기/뒷북이다"라는 이미지들의 매듭은 "오로라"의 우주적 광휘와 경이감을 뒤로 물린 채, 제 자신의 나날의 삶을 직조하는 기자의 직업 세계로 되돌아와야만 하는 시인의 한탄스런 마음결의 움직임을 현시한다. "이토록 지독한 약속"과 "기미"라는 시어 역시, 기나긴 비행시간이 마무리되어 원고 마감 시간에 시달릴 수밖에 없을 기자라는 생활인의 피로감을 빗댄 메타포일 것이 틀림없다.

바로 이 자리에서, 주어진 시간 내에 끝마쳐야 할 과제를 받아든 학생처럼, 나날의 직업적 노동의 테두리에서 "오로라"로 표상되는 대자연의 경이와 신비감을 도려내어 사그라지게 할 수밖에 없을 우리 모두의 자화상이 솟아오른다. 아니, 이른바 소시민적 일상의 눅진하고 고단한 생의 감각들이 우리 모두의 몸으로 덮쳐 온다. 따라서 "기미"란 일상적 시간으로의 회귀이자, 직업과 노동의 세계로의 진입을 암시하는 아이러니의 문법을 휘감는다. "기미"는 일상적 삶의 구조에서 반복되는 상투적이고 사소한 신변잡기의 일들이 발생하리라는 징후를 표현하는 말이라기보다는, 기존의 반복적인 관행들을 멀찌감치 벗어난 어떤 질적 차원의 변환을 나타내기 위해 주로 활용되는 어휘이기 때문이다.

그리하여, "기미(機微)여, 너는/저 진공의 어둠에 속하거나/소용돌이이거나/골치 아픈 상상이다//독한 글쓰기/뒷북이다" 같은 「오로라」 후반부의 이미지 매듭은 시인이 "오로라"의 광휘와 비의의 세계로부터 제 삶의 터전인 일상의 구조 속으로 회귀하고 있음을 넌지시 일러 준다. 달리 말해, 직업과 노동의 세계 속으로 다시 진입하고 있음을 반어적 미감과 뉘앙스의 화법으로 펼쳐 보인 것이라 하겠다.

「집 안의 집」에서도 저 시간 여행자의 감수성은 시인의 생 전체를 "집의 수명"으로 치환하여 바라보려는 실존적 성찰의 몸부림으로서의 회감(Erinnerung)의 태도를 낳는다. 그러나 그것은 상투적인 방식과 느낌으로 나타나는 심리적 과거 회귀, 곧 이미 지나간 사건과 체험들을 애잔한 감정으로 물들이려는 관조적 나르시시즘의 늪에 빠지지 않는다. 오히려 아직 오지 않은 사건들의 시간에 제 온몸을 기투하려는 실천적 미래의 예감을 낳는다. 따라서 2연의 "호앙 질베르토를 들으며 조는/나의 시들기 시작하는 머리통 위로/뜨끈한 한낮이 지나간다"라는 호사스런 이국취향의 편린들은 실상 제 실존의 순결성을 아름답게 장식하기 위한 어떤 미장센(mise-en-scène)의 기호들로 볼 수 없다.

마찬가지로 맨 뒷자락의 "그러나 잠들 무렵,/이 날림 가옥의/뼈마디가 어긋나는 소리쯤은/들을 줄 안다" 같은 문양들 역시, 그저 "날림 가옥"에 빗댄 늙음의 회한이나 청승

맞은 자괴감에 갇히지 않는다. 시인의 가슴속 깊은 곳을 가로지르는 것은 "저 죽을 줄도 모르고/해마다 봄볕이 그리운 놈"으로 표상되는 제 젊음의 왕성한 생명력이자 더 나은 삶을 향한 눈부신 비전이며 열망 그 자체이기 때문이다. 시인이 이렇듯 탈향과 귀향의 모티프를 무한 반복할 수밖에 없는 것은 수시로 뒤바뀌는 취재 현장을 한걸음에 내달릴 수밖에 없을 기자의 업무와 직능에서 비롯하는 것이기도 하겠지만, 보다 깊은 차원을 헤집어 보면 어떤 운명처럼 주어진 역마의 감각들 속에서 더 나은 삶과 다른 미래를 갈구할 수밖에 없는 그의 타고난 정신적 체질, 곧 노스탤지어의 몸부림에서 오는 것이 분명해 보인다.

2. 초월적 내면 지향성과 선구적 죽음 의식

이제까지 우리가 말해 온 시인의 역마나 탈향의 감각이란 실상 존재론적 고향, 곧 생의 존재론적 본질이나 근원 같은 것을 찾아 나서려는 어떤 존재론적 그리움의 몸부림이자 실존적 고뇌의 여정에서 비롯한다. 또한 그러하기에, 시인에게 탈향이란 곧 존재론적 귀소(歸巢)를 찾아가는 여로, 노스탤지어의 몸짓이자 귀향이라는 이면적 의미를 휘감는다. 가령 "이곳 어딘가에서 길을 잃고/작은 주막에 들러 며칠이고 보덴제를/내려다보자고, 이 사치와 허영이/불가능한 다짐이/곧 불멸이라며……"(「보덴제 2」), "해가 지려는데,/북태평양의 검은 바다를 건너던/크루즈가 엔진을 껐다./굴뚝에서 쿨럭 연기가 솟구쳤다./범고래 떼 물속으로 꽂힐 듯/뛰어드는 소리 쪼옥—쪽 별났다./돌아오지 않았다.//선내에선 파티가 한창이었다"(『어머니의 죽음』), "시간이 못 박힌/지평선/소년의 그림자 하나/자전거를 타고 외길을 달린다//아, 이리로 방향을 트는구나!"(『키르기스스탄에서 자전거 타기』) 같은 구절들을 느릿느릿한 리듬감으로 음미해 보라.

이 구절들에 새겨진 낯선 이국적 풍경들은 시집의 구석진 마디마디로 번져 흐르거니와, 그 안쪽에서는 제 생의 의미와 가치를 "시간"의 흐름 속에서 되짚어 보려는 내면적 성찰의 자연스런 숨결이 배어 나온다. 이는 시인이 품은 섬세하면서도 정직한 회감의 능력, 또는 나날의 삶이 강제하는 상투적인 관행과 통념들에 깃든 황폐한 진실을 오롯이 성찰하려는 자리에서 오는 것인지도 모른다. 또한 이와 같은 마음결의 움직임은 제 실존의 현재적 상태를 좀 더 고양된 수준으로 이끌어 올리려는 시인의 태생적인 기질, 달리 말해 일상의 사소하고 자질구레한 사건들에서 존재론적 비의를 발견해 내는 섬세한 예술적 혜안에서 비롯하는 것이리라.

한저녁 마을 목욕탕에서 쩔쩔매며 땀을 낸다 모공을 솟구친 땀은 턱밑에 모였다가 물엿처럼 주욱 늘어진다 그렇다 늘어져 부서진 한증막 바닥 마룻장 사이로 지나간 한 주 또 한 주 서러운 술과 야근과 길고 짧았던 통화의 기록과 고과로 환산된 슬픔이 떨어져 흔적으로 스민다 쩔쩔맨다 벌겋게

달아오른 몸뚱이도 지하수를 퍼 올려 가둔 냉탕 속에 들어
갈 때 흠칫 숨을 죽이는 법이다 어—허— 터지는 목청은 아
무리 좋아도 신음일 뿐이다 복(福) 자가 흩어진 냉탕의 밑바
닥을 들여다보며 생각하느니 인간의 목욕은 로마에서 배웠
느니라 식어 가는 푸른 뇌피에는 카라칼라 아이도네 카이저
테르멘과 같은 섶 속의 기억이 떠오르거니와 박정희로부터
배운 나의 혼에는 다르륵 그어 내린 절취선이 있느니 이 비
열한 연상으로부터 게놈 지도 속까지 벌레처럼 스민 시오노
나나미와 이윤택과 토마스 불핀치의 번역과 변명으로부터
떨쳐 일어나 얼음장 같은 수면 위에 소용돌이를 일으킨다
물속에서 내다보는 세상이 구경이라면 대기는 물속이며 물
고기의 눈깔(魚眼)로는 들여다보는 셈이니 정시 뉴스를 기
하여 절취선 아래의 시간과 사고는 덤이거나 덤이 아니거나
저울에 달아 볼 일……

—「주일 목욕」 전문

「주일 목욕」의 한가운데 들어박힌 "지나간 한 주 또 한
주 서러운 술과 야근과 길고 짧았던 통화의 기록과 고과로
환산된 슬픔이 떨어져 흔적으로 스민다 쩔쩔맨다 벌겋게
달아오른 몸뚱이도 지하수를 퍼 올려 가둔 냉탕 속에 들어
갈 때 흠칫 숨을 죽이는 법이다" 같은 문양들을 보라. 여기
서 선명하게 나타나듯, 시인은 제 삶의 시공간적 동선을 꼴
짓는 일상성의 구조를 밀착인화의 기법으로 적나라하게 소
묘하면서 제 실존의 일그러진 얼굴을 가감 없이 드러내려

한다. "술"과 "야근"과 "통화의 기록"과 "고과" 같은 시어들이 나날의 삶을 구체적으로 직조하는 작은 얼개들을 비유하는 것이라면, "슬픔"과 "몸뚱이"와 "숨"으로 표상된 인간의 신체와 지각 작용의 편린들은 나날의 삶에 가해지는 일상성의 압력들이 우리를 어떻게 옥죄고 길들이고 있는지를 집약적으로 나타낸다.

그러나 시인은 이러한 일상적 관성의 테두리에서도 "복(福) 자가 흩어진 냉탕의 밑바닥을 들여다보며 생각하느니 인간의 목욕은 로마에서 배웠느니라 식어 가는 푸른 뇌피에는 카라칼라 아이도네 카이저테르멘과 같은 섶 속의 기억이 떠오르거니와"로 표현된 자기 성찰의 심리적 회로를 통해 제 실존의 차원을 보다 높은 경지로 고양시키려는 초월성의 비전을 발견하려 한다. 그 뒤에서 곧바로 등장하는 "박정희로부터 배운 나의 혼에는 다르륵 그어 내린 절취선이 있느니 이 비열한 연상으로부터 게놈 지도 속까지 벌레처럼 스민 시오노 나나미와 이윤택과 토마스 불핀치의 번역과 변명으로부터 떨쳐 일어나" 같은 이미지들을 보라.

저 이미지들 역시 청소년기 시절에 시인의 몸과 영혼을 좌우했을 독재정치의 규율들과 더불어, 그것들이 연상시키는 시인의 교양의 성채와 독서의 목록들로 유추되는 "시오노 나나미와 이윤택과 토마스 불핀치"의 세계로부터 훌쩍 날아오르려는 시인의 실존론적 고투를 암시한다. 이 고투는 그럴싸하게 윤색되고 공교롭게 포장된 교양의 허위의식으로부터 벗어나, 제 실존의 참된 얼굴과 마주하려는 진리 주체의 몸짓을 닮는다. 시인은 제가 발 딛고 살아가는 현재적 삶의 순간들을 인생 전체의 시간적 궤적들 아래서 매번 다시 반추하려는 근원적인 체질로부터 벗어날 수 없는 사람이기 때문이리라.

에잇!
잔뇨와 잔변
더럽게……

화장될 때
똥과 함께 타기 싫어
파묻혀
똥과 함께 썩기 싫어

나이를 먹을수록
왜 이럴까

나중엔 변비까지
겹쳐 가지구
머릿속이 빡빡하네

—「아침마다—routine」 전문

젖은 책장을 뒤로 넘기며
해야 할 약속을 내일로 미루고

이 많은 사람들이 왜 아무 말없이

오늘을 견뎌야 했는지

축축한 고요는 한 길 물속과 같아

여인들은 역광에 머리를 처박은 채

시시각각 숨겨 간다,

아무런 약속도 지켜지지 않고

당신들의 생애는 저물어 버린 것이다

무릎을 꺾는 순간부터

깨어나라 깨어나라는 주문을 외듯

휘파람 소리 콧김을 쏟아 놓고

　　　　　　　—「집으로 가는 길에 소설책 읽기」 부분

「아침마다—routine」에 등장하는 "잔뇨"와 "똥"과 "변
비"는 시인의 일상에 둔중하게 내려앉은 비루함과 속물성
의 흔적들을 암시한다. 그러나 시인은 이들을 은폐하거나
회피하려 하지 않는다. 도리어 그 누구나 볼 수 있는 공론
장의 무대 위로 곧추세워 이를 다시 발가벗겨 드러내려는
진실의 탐색 과정을 과감하게 이행하고자 한다. 따라서 "화
장될 때/똥과 함께 타기 싫어/파묻혀/똥과 함께 썩기 싫
어//나이를 먹을수록/왜 이럴까"라는 시구는 표면적인 어
감과는 정반대로, 죽음이라는 절대적 타자성의 시간을 미
리 소환해 오는 선구적 의식을 대변한다.
　어쩌면 그것은 "현존재가 더 본래적으로 결단을 내리면

내릴수록, 다시 말해서 애매하지 않게(명백하게) 자신의 가장 고유한 탁월한 존재 가능에서부터 죽음에로 앞질러 달려가 봄에서 자신을 이해하면 할수록, 그는 자신의 실존의 가능성을 더욱 명확하고 더욱 비우발적으로 선택하며 발견하게 된다"(마르틴 하이데거 저, 이기상 역, 『존재와 시간』, 까치, 1998)라는 하이데거의 죽음에 대한 선구적 의식을 실천하고 있는 자리에 이미 깃들어 있었던 것인지도 모른다. 시인은 제 실존의 한순간 한순간이 죽음을 향해 가고 있다는 것을 절실하게 자각한 본래적 실존(eigentliche Existenz)의 주체, 바로 그 배역의 주인공 자리에서 발설하고 있기 때문이다.

따라서 "나이를 먹을수록/왜 이럴까"라는 끝자락의 작은 편린은 실상 시인의 실존이 감당할 수밖에 없을 노화의 숙명과 죽음 의식을 충실하게 수용하고 있을 뿐만 아니라, 남겨진 여생에 주어진 실존적 소명을 절실하게 자각하고 있다는 사실을 암시한다. 아니, 더 나은 삶으로 나아가기 위한 존재론적 기투의 빛살을 뿜어내고 있다는 사실을 아이러니의 문양들로 휘감는다. 그리하여, "이승의 물/싸늘한 기억"(「레테」), "어머니 주무시던 방/다리를 꼬고 앉는다/창을 닫는다//뚝, 뚝/떨어진다/시간의 살점"(「부고」), "아버지가 어머니가 그곳에 살아/나 모르게 죄를 지었다면 인연의 새 사슬을 끌며/아들과 딸과 미처 보지 못한 기억마저 기다리리라./젊은 부모, 거듭 신혼이 되어/다시 나를 낳을 것이다"(「성충권의 황혼」) 같은 형상들에 깃든 선구적 죽음 의식과 윤회의 비전을 보라.

그렇다. 저 형상들은 시인의 가슴 한복판에서 불타오르는 실존론적 기투의 정념과 더불어, 제 실존의 경지를 좀 더 높은 차원으로 이끌어 올리려는 시인의 초월적 내면 지향성을 은은하게 암시한다. 이 가운데서도 특히 「레테」에 나타난 "이승의 물"과 "싸늘한 기억"은 시인 제 스스로를 죽음 이후에 다다를 윤회의 자리에 미리 세워 보지 않고서는 결코 빚어질 수 없는 편린들일 것이다. 「부고」의 "시간의 살점"이나 「성층권의 황혼」의 "젊은 부모, 거듭 신혼이 되어"라는 이미지 역시, 부모님의 죽음과 부재를 현재적 삶의 일부로 부둥켜안는 동시에 내세로까지 이어질 수밖에 없을 윤회의 직관적 통찰 없이는 마련될 수 없었을 것이 자명하다. 따라서 시인의 타고난 기질일 수밖에 없을 저 초월적 내면 지향성이란 죽음으로 미리 달려가 보는 선구적 의식의 모험을 통해 제 윤곽과 형세를 또렷하게 얻는다고 하겠다. 그리고 이미 지나간 과거와 아직 도래하지 않은 미래의 시간들이 현재적 실천의 상황 속으로 휘감겨 들어가는 잠재성의 시간, 곧 아이온(Aiôn)의 시간을 자각하고 탐색하는 자리에서 훨씬 더 위력적인 확산력을 흩뿌리게 되는 것으로 보인다.

3. 우아미의 미감과 분열적 주체 의식

동안(童顔)이란 말을 자주 들을수록

고개를 넘어가는 나의 생애는

1978년 9월 1일
청량리 맘모스백화점 앞에 불던 바람이며
그 앞에 내가 입고 선 교복이고
1987년 4월 3일 황학동 골목
골동품 가게에 둘러싸인 헌책방이고
2004년 4월 3일 홍제동 고가 차도이다.
무엇보다 조심해야 할 한마디 말
짙푸른 연기이다.

—「중년 1」 전문

검은 연기를 내뿜으며
그날 마지막 버스가 떠났다
물 고인 종점
내 몫의 짐을 지고 달려간 그곳
밤이 깊었고
흘러간 사나이들은
뱀을 사냥하는 곰과
오래전에 먹은 우럭회 얘기를 하며
늙어 가고 있었다

나는 큰길로 달려 나가
먼저 떠난 버스를 찾아본다고
잘 알지만
기억할 수 없는

코발트색 버스의 뒤창은 어두웠다고
같은 말을 반복하고 있었다

—「중년 2」 전문

「중년 1」의 앞면에 한꺼번에 나타난 "1978년 9월 1일" "1987년 4월 3일" "2004년 4월 3일"이란 구체적 날짜들이 표상하는 것처럼, 더 나은 삶이자 다른 미래로 펼쳐질 수밖에 없을 마음결의 움직임은 사람들이 통상적으로 인지하는 시간의 마디들을 벗어나, 이 작품을 읽고 있는 우리 모두를 낯선 시간 속으로 들이민다. 저 아나크로니즘 (anachronism)의 이질감은 순차적으로 전개되는 연대기적 선조성의 세계로부터 훌쩍 날아올라 전혀 다른 세계로 뻗어 나간다. 그것은 이미 지나간 과거의 시간들이 전혀 다른 사건의 계열들로 전개될 수도 있었을 잠재성의 국면들을 그 마디마디의 침묵의 공간, 행간에다 펼쳐 놓을 수밖에 없는 것이기 때문이다. 그리고 그것의 기원은 "고개를 넘어가는 나의 생애"를 되돌아보면서 그것을 구성하는 중요한 변곡점들마다 전혀 다른 삶으로 나아갈 수 있었을 결정의 순간들을 충실하게 되짚어 보려는 성찰의 깊이에서 오기 때문이리라.

이 시편을 마무리 짓는 "무엇보다 조심해야 할 한마디 말/짙푸른 연기이다"가 전혀 다른 삶으로 나아갈 수 있었을, 그 모든 잠재적 사건의 매듭들을 휘감는 단자(monad)로 기능할 수밖에 없는 까닭 또한 이와 같다. 이 가운데서도 특히 "짙푸른 연기"란 보이지 않는 운명선과 인연의 질곡들에까지 가닿는 시인의 정직한 성찰과 그 추념의 과정에서 빚어진 빼어난 이미지이다. 그것은 비가시적이고 예측할 수 없는 것인 동시에 우리를 다른 운명선으로 휘몰아 갈 수도 있었을 치명적인 위력을 소리 없이 뿜어내고 있는 존재론적 비의의 편린이기 때문이다. 아니, 시인의 초월적 내면 지향성이 매우 강렬하게 응집되어 있는 함축적 이미지일 수밖에 없기에.

「중년 2」에 등장하는 "나는 큰길로 달려 나가/먼저 떠난 버스를 찾아본다고/잘 알지만/기억할 수 없는/코발트색 버스의 뒤창은 어두웠다고/같은 말을 반복하고 있었다" 같은 이미지 역시, 동일한 의미의 터전에서 움터 오른 것으로 느껴진다. 여기서 나타난 "큰길"과 "먼저 떠난 버스"란 이미 지나간 시인의 생애 도처에서 현란하게 엇갈렸을 운명선의 변곡점이자 그 결정적 장면들을 빠짐없이 쓸어안고 있는 제유(提喩)의 이미지이다. 이렇듯 시인이 지나간 제 과거의 일들을 끊임없이 현재적 순간으로 소환할 수밖에 없는 까닭 역시, "물 고인 종점/내 몫의 짐을 지고 달려간 그곳"으로 표상되는 과거의 시간들에 이미 얼룩져 있을 무수한 오류와 잘못된 결정을 다시 반추하는 자리에서 온다. 아니, 이를 통해 다른 미래로 나아갈 수 있을 새로운 삶의 가능성을 찾아내려는 시인의 내면적 고양감과 초월 지향성에서 휘날려 온다.

가령 "아무리 소담한 해변의 소읍이라 해도 병원에 딸린 영안실이라면 두 개나 세 개보다 더 많기를. 새벽별 길 터 벅터벅 저녁 석양 길에 딱 하나, 파도를 등진 형광등 불빛 에 비추어 간판을 봐야 한다면 참으로 참으로 막막할 터이 므로. 앎으로써 처연하고 또 알 수 없는 종말이 세상엔 반 드시 있는 법"(「영안실」) 같은 시편을 보라. 이 작품에 펼쳐진 소박하면서도 묵중하고, 단아하면서도 초월적인 광휘로 번 뜩이는 이미지들의 향연을 보라. 이 향연은 아름답다! 시인 의 따뜻한 마음씨가 그 뒷자락을 타고 그야말로 훈훈하게 번져 나오기 때문이리라.

더 나아가, 이는 필시 우주 삼라만상이 펼쳐 내는 자연의 원리를 묵묵히 따르고 감수하려는 자에게서만 나타날 수 있을 법열(法悅)의 감각이자 우아미의 미의식에서 오는 것 일 수밖에 없으리라. 우아미란 '평화로운 상태라든가, 균형 이라든가, 삶의 즐거움' 같은 '조화를 내용으로' 하는 '초월 한 자연미'를 이루는 것이기에. 또한 저 '자연미'는 우리로 하여금 '현실의 죄고(罪苦)를 일단 벗어나'게 할 뿐더러 '법 열에 들 수 있'게 하는 초월성의 계기로 작동할 수밖에 없 는 것이기에.(조지훈, 『시의 원리』(조지훈 전집 2), 나남, 1996.)

내 안에
네가 가득 차
넘치기 직전이다.

나는 외출하고 없다,

언제 돌아올지 모른다.

네가 책상다리하고 앉아
없는 나를 뚫어지게 바라보고
라면을 끓여 먹고 밥 말아 먹고
물도 한 컵 들이킨다.

내 안을 온통 차지하고
언제 떠날지 모르는 네가
싫지 않다.

내 안에 없는 내가
오로지 너를 생각하며
네가 없는 어디에선가
뚫어지게 바라보며
라면을 끓여 먹고 밥 말아 먹고
물도 한 컵 들이킨다.

나는 나의 주민등록지,
내가 없는 내 안의 네가
나일 리 없지만
네가 모로 누워
TV를 보고 졸고 누군가를
그리워하는 사이

나는 나고 너도 너고

너와 내가 뒤섞여

퉁퉁 불어도

—「류블라니아행(行)」 전문

너라는 주제

너라는 환상

너라는 범주

너라는 변주

쓰고 남은 시간의

모든 나머지로부터 나머지까지

시간의 사슬을 끌며

너라는 저울 위에 오른다

멀리 놀러 간 것이라고

이제는 지나간 시간을 갈무리해 둔다

거기서 시간이 더 오래

다시 오기 어려울 거라고 이해하면서

우리는 지쳐 간다

가장 가까운 뉴욕에서 너를 볼 수 없었듯이

가장 가까운 말리부에서 너를 찾지 못했듯이

한국어가 낯설어진 먼 훗날의 사원에서

해묵은 동전을 찾듯 너를 기억하리라.

—「백 년 동안의 고독」 부분

「류블라니아행」과 「백 년 동안의 고독」의 겉면에 돋아난 이미지들의 짜임새는 "나"와 "너"라는 대명사의 반복이 불러오는 시적 주체의 분열감, 또는 분열적 주체 의식에 대한 내면적 성찰의 과정을 그 중핵으로 삼는다. 또한 "류블라니아행"이라는 표제어와 "뉴욕"과 "말리부" 같은 지명은 이제까지 우리가 말해 온 이국정서가 시인의 분열적 주체 의식에서 파생된 것임을 암시한다.

그렇다. 「백 년 동안의 고독」의 한 대목인 "너라는 주제/너라는 환상/너라는 범주/너라는 변주"에 선명하게 나타나 있듯, 시인은 제 자신을 "너"라고 호명함으로써, 제 존재론적 깊이에 무수하게 여울져 있는 분열적 주체들을 표면 위로 끌어올리려 한다. 「류블라니아행」의 후반부를 이루는 "나는 나의 주민등록지,/내가 없는 내 안의 네가/나일 리 없지만/네가 모로 누워/TV를 보고 졸고 누군가를/그리워하는 사이/나는 나고 너도 너고/너와 내가 뒤섞여/퉁퉁 불어도" 같은 대목 역시, 시인의 내면적 분열감을 선명하게 나타낸다. 특히 "나는 나의 주민등록지"라는 표현은 라깡의 정신분석 이론에서 제시된 소외와 분리의 경험을 매우 함축적인 표현으로 응집시킨 탁월한 이미지처럼 보인다.

라깡에 따르면, 소외(aliénation)란 주체가 존재 결여(manque-à-être)를 겪으면서 특정한 분열의 상황에 처하게 되는 것을 뜻할 뿐만 아니라, 어떤 한 개인이 정상적인 주체로 존립하기 위해서는 반드시 언어의 질서(상징계, 대타자)를 받아들여야만 한다는 완강한 사실을 가리킨다. 결국 주체 구성의 첫 단계는 바로 소외이다. 또한 그것은 언어(대타자)의 노예로서 주체가 필수 불가결하게 치러야 할 숙명일 수밖에 없다. 결국 소외라는 것이 균열된 주체를 낳는 과정을 함축하고 있는 것이라면, 분리(séparation)란 저 균열된 주체가 대타자 안에서 어떤 간극과 틈을 발견할 때 발생하는 것이라 하겠다. 즉 분리는 주체의 욕망과 대타자의 욕망이 어긋나면서 발생하는 균열의 사건이라 하겠다.

따라서 분리는 '주체가 타자의 욕망 안에서 나는 무엇인가?'라는 질문을 제기할 수 있는 지점에서 형성될 뿐더러, 타자의 욕망으로부터 제 자신을 구별해 내는 과정을 가리킨다.(숀 호머 저, 김서영 역, 『라캉 읽기』, 은행나무, 2006.) 달리 말해, 분리는 인간에게 필연적으로 주어지는 소외의 과정에서 발생하는 병리적 성격을 극복하고 참된 향유 주체로 다시 태어나는 과정을 의미한다. 이에 따라 그것은 자신의 욕망을 타인에게 양도함으로써 발생하는 소외된 주체의 상태를 벗어나는 것, 즉 자신의 고유한 욕망과 향유를 되찾고 해방과 자유를 획득한 새로운 주체의 탄생이라는 내포적 의미를 껴안는다.

따라서 「류블라니아행」의 "나는 나의 주민등록지"라는 형상은 상징계와 대타자의 질서에 의해 소외의 과정을 밟을 수밖에 없을 그의 일상적 주체성을 암시하고 있는 것이 틀림없다. 또한 "내가 없는 내 안의 네가/나일 리 없지만"이나, "나는 나고 너도 너고/너와 내가 뒤섞여/퉁퉁 불어도" 같은 이미지들은, '나는 도대체 누구이며 무엇인가?'라는 물음을 통해 소외된 주체의 상태를 벗어나려는 몸부림, 곧 분리의 과정에서 다시 태어난 새로운 주체를 비유하는 것이라 하겠다.

또한 「백 년 동안의 고독」의 끄트머리에서 불현듯 나타나는 "가장 가까운 뉴욕에서 너를 볼 수 없었듯이/가장 가까운 말리부에서 너를 찾지 못했듯이/한국어가 낯설어진 먼 훗날의 사원에서/해묵은 동전을 찾듯 너를 기억하리라" 같은 형상들을 다시 눈여겨보라. 이들은 저 소외와 분리의 과정을 통해 제 고유한 욕망과 향유를 되찾으려는 시인의 존재론적 탐색의 과정을 비유한다. 달리 말해, 노스탤지어의 몸부림과 존재론적 귀소를 향한 여로의 이미지를 직조한다. 또한 짙은 암시의 음영과 뉘앙스의 미감들로 웅숭깊은 이미지의 결을 마련한다. 어쩌면 이와 같은 음영과 미감들은 지극히 먼 거리로 떨어져 있는 시공간의 이미지들을 횡단하고 주파하는 자리에서, 나아가 저 이미지들을 시간 여행자의 감수성으로 섬세하게 마름질하는 자리에서 은은하게 번져 나오는 것인지 모른다.

4. 타자성의 발견과 콜라주 미학의 가능성

벌레다
곤충이다
벽에 달라붙은 죄
KCC 옥장판 위를 기어 다니는 죄

머리 가슴 배
다리는 여섯 개
가슴과 배가 분명치 않아
종자가 나뉜다

가슴이 지은 죄
창자가 지은 죄
칸칸이 나뉜
머리통 속에 나눠 지은 죄

참수로는 불가하고
정수리를 두들겨 두 동강 내야
비로소 죄를 죽여 점을 치고
업을 면한다

―「죄」 전문

꿈속에서는
조금 더 멀리 여행하며
조금 더
가난하다

오래전 여행 책자에 나온
호수와 가게가

사라지고 없다

돌아오는 기차가 끊겼거나

환승 택시는

약속을 지키지 않는다

집에 가는 버스는 늘 붐비고

낯선 사람 가득하다

오래전에 죽은 친구가

어린 얼굴로 나타나 손을 흔든다

운전수는 아는 길로 가지 않는다

골목은 변했고 아무도 없다

망각은 통증이다, 주방에서 보글보글

기억이 끓어넘친다

집 전체가 앓는 이 저녁

식구들은 모두 어디로 갔는가

—「중년의 귀가」 전문

낮 열두 시

서울

창백한 달 아래

나는 한길을 걷고 있으며

달의 그늘 속

단지 살고 있을 뿐

목적지는 길게 뻗어

그늘 속에 숨긴 심장을 꿰고

머릿속 슬픔

축축한 소절만 추려 부르며

다친 자리를 더듬는 시간

나는 이 길의 모서리여서

이편과 저편의 삶이어서

불러 보기를

'Soul!'

상표들이 나부끼느니

세일, 핫 세일,

Heart sale!

—「정오의 달—2003년 2월 23일」 전문

앞서 살핀 것처럼, 「죄」에 등장하는 "벌레" "곤충"이라는 형상을 비롯한 저 무수한 "죄"들 역시 시인이 존재 내부에 둔중하게 가라앉아 있을 무수한 주체성의 얼굴들을 비유하는 것으로 보인다. 그러나 이 시편은 제 참된 자아를 찾아가는 여로의 과정으로 빗대어진 주체성의 모색과 발견이라는 주제 의식으로 수렴될 수 없는, 조금 다른 미학적 결을 거느리고 있는 듯 보인다. 이는 "가슴과 배가 분명치 않아/종자가 나뉜다/가슴이 지은 죄/창자가 지은 죄"라는 대목에 암시되어 있듯, 몸과 마음, 육체와 정신이 서로 다른 차원으로 나뉘어져 전혀 다른 갈래의 "죄"를 낳을 수밖에 없다는 사유, 흔히 타자성이라 일컬어지는 새로운 오브제의 영역으로 시인의 관심이 이동하고 있음을 나타내는 표지처럼 보인다.

특히 "참수로는 불가하고/정수리를 두들겨 두 동강 내야/비로소 죄를 죽여 점을 치고/업을 면한다"라는 그로테스크 이미지는, 제 존재의 안쪽에 이미 얼룩져 있는 "죄"라는 이름의 타자성의 표상들을 완전히 제거할 수 없을 뿐더러, 오히려 그것에 복속될 수밖에 없다는 절망과 한계를 아이러니 문법으로 표현한 것처럼 보인다. 종교적 해탈에 다다른 위대한 선사가 아니고선, 우리가 "죄"를 벗어나고 "업을 면"할 수 있는 길이란 사실상 불가능하기 때문이다. 아니, "비로소 죄를 죽여 점을 치고/업을 면한다"는 마지막 구절은, 나날의 삶이 강제하는 "죄"로부터 우리 모두가 자유로울 수 없으며, 그러기에 또한 "업을 면"하는 것이 아니라 오히려 그 "업"을 짊어지고 살아갈 수밖에 없다는 아이러니의 맥락을 강조한 것이 분명해 보인다. 이는 또한 시인이 자신의 성찰적 의식으로 수렴되지 않는 타자성의 세계를 발견하고, 이를 통해 새로운 감각과 사유를 전개하기 시작했다는 징후처럼 느끼기 시작했다는 것을 반증하는 것인지도 모른다.

「중년의 귀가」에서도 프로이트가 말한 두려운 낯섦(das Unheimliche)이라는 심리적 음영이 타자성을 표상하는 이미지로 활용되고 있는 것처럼 보인다. 이 시편의 1연에 등장하는 "여행"의 갖가지 형상들이나 2연의 귀로의 이미지는 허진석의 시에서 누차 반복된 것이라 하겠으나, 3연에서 돌출적으로 나타나는 "오래전에 죽은 친구가/어린 얼굴로 나타나 손을 흔든다//운전수는 아는 길로 가지 않는다/골목은 변했고 아무도 없다"라는 구절들은 시인의 의식 내부에 깃들인 타자성, 곧 그 자신도 어찌할 수 없는 어떤 무의식의 무대를 표현하는 것처럼 보인다. 그리고 그것은 허진석의 시가 앞으로 어떤 방향으로 진화할 것인지를 예고하는 어떤 표징처럼 느껴진다.

그렇다. 어쩌면 시인은 줄곧 제 자신이 추구해 온 성찰적 내면성과 노스탤지어의 몸부림과 이를 극단까지 치러 내는 의식의 모험을 통해, 이른바 타자성이라고 지칭되는 몸과 무의식이라는 새로운 시적 오브제의 무대를 발견하게 된 것인지도 모른다. 그러나 「정오의 달」에서 볼 수 있듯, 시인이 이렇듯 타자성과 무의식의 영역을 제 시작의 오브제로 활용하게 될 때, 그것은 우리의 현재적 삶을 에워싸고 있는 물신주의의 속물성과 그 실존의 비루함과 황폐한 진실을 거죽 위로 끌어올리는 그로테스크 미학으로 진입하게 될 가능성이 크다. 나아가 그것은 시인이 지금까지 일구어 온 성찰과 초월의 내면 지향성, 또는 노스탤지어의 존재론적 몸부림을 라이트모티프로 구축해 온 완숙한 기성의 미학이나 예술 세계와 결별하는 것일 수도 있을 것이다.

그럼에도 불구하고, 여행지에서 무수한 성찰의 상념들

을 초현실주의 예술가들이 발명한 콜라주(collage) 기법으로 표현한 아래의 시편을 곰곰이 들여다보면, 시인은 성찰적 내면성이라는 의식성과 몸과 무의식이라는 타자성의 영역 사이에서 양자를 가로지르는 크로스오버의 실험을 이미 감행하기 시작한 것으로 보인다.

어쩌면 '배반을 배반하는 배반자'라는 말로 시인의 소명과 직능을 규정하면서 시의 창조적 혁신과 생성의 과정을 강조했던 김수영의 정언명제처럼, 이제하의 시를 두고 그가 다시 제시했던 '생산적 카오스'라는 언명처럼, 시와 예술의 그 모든 창조력과 생산성은 기존의 영역들 사이를 끊임없이 넘나들고 가로지르는 크로스오버를 통해서만 발흥할 수 있는 것인지도 모른다. "마야 부인"과 "프로메테우스"와 "거룩한 아드님 십자가"와 "방콕의 황금 부처"를 콜라주와 자유 간접화법으로 형상화한 아래 시편의 이미지 구성법처럼.

마야 부인의 잠은 아주 얕았으리.

여섯 개 상아를 문 흰 코끼리

오른쪽 옆구리에 드는 것을 보셨네.

룸비니 사라수 그늘 아래

가지를 잡아 고타마를 낳았으니

코끼리가 든 바로 그 자리

오른쪽 옆구리였다니.

그곳이 어디인가,

하느님 아담을 지은 후

배필을 마련하느라 슬쩍

갈빗대 한 자루 떼어 내신 곳

카우카소스에 묶인 프로메테우스가

독수리에게 간을 찢기느라 헐린 곳

거룩한 아드님 십자가 높은 곳에서

창에 찔리어 물과 피를 흘린 자리일세.

토마스는 그 구멍에

손을 넣어 보고야 믿었노라 했으나

애석하여라,

본디 제 옆구리에 새겨진

찰나의 터널을 나중에야 지났을 뿐.

방콕의 황금 부처는 오른쪽으로 누워

이제 막 긴 잠에 드시려는데

비로소 인연이 지상에 흘러

대지를 연 향기로 적시려는가.

—「옆구리에 대한 궁금증」 전문